der herr norrrdwind

von h. c. artmann

der herr norrrdwind

ein opernlibretto
von h. c. artmann

mit zeichnungen von herbert brandl

residenz verlag

Geschrieben im Auftrag des Herbert von Karajan Centrums

Bibliografische Information Der Deutschen Bibliothek
Die Deutsche Bibliothek verzeichnet diese Publikation
in der Deutschen Nationalbibliografie; detaillierte bibliografische
Daten sind im Internet über <http://dnb.ddb.de> abrufbar.

www.residenzverlag.at

Umschlaggestaltung: Kurt Hamtil, verlagsbüro wien
Umschlagbild: Herbert Brandl
Lektorat: Astrid Graf
Typografische Gestaltung/Satz: wolf, www.typic.at
Gesamtherstellung:
Ueberreuter Buchbinderei und
Buchproduktion Gesellschaft m. b. H.
A-2100 Korneuburg, Industriestraße 1

.KUNST
bundeskanzleramt

ISBN 3-7017-1410-X

Vorwort

›der herrr norrrdwind – ein kleines operl‹

Kinder zur Klassischen Musik zu verführen, ihre Liebe zur Oper zu wecken und Jugendlichen die Schwellenangst vor einem scheinbar elitären Genre zu nehmen, war und ist eines der Hauptanliegen meiner Tätigkeit im Karajan Centrum. Landläufig herrschte die Meinung, daß Kinder und Jugendprogramme nicht derselben Professionalität bedürfen wie Kulturprojekte für Erwachsene – was für ein Irrtum! Glücklicherweise ist die Jugendkultur während der letzten Jahre aus den subkulturellen Nischen herausgetreten und hat ihren gesellschaftlichen Stellenwert erhalten. Trotzdem ist im Bereich der Klassischen Musik das Angebot an zeitgenössischen Kinderopern nach wie vor sehr gering.

H. C. Artmann war für mich der ideale Librettist einer Oper, die sowohl Kinder als auch Erwachsene faszinieren sollte. Durch die Initiative des Thomas Sessler Verlages, der auch

H.C. Artmann vertritt, konnte mit HK Gruber als Komponist ein kongenialer Partner gefunden werden. Dieser Musiker und Komponist bewegt sich zwischen den Generationen und bringt in seiner Arbeit dem älteren wie dem jüngeren Publikum denselben Respekt entgegen.

Entstanden ist ein großartiges Stück Musiktheater, das all jene verzaubert, die sich ungeachtet des Alters gerne verzaubern lassen; das Alt und Jung zum Lachen bringt und das alle Neugierigen in die herrlichsten, mythischsten und abstrusesten Welten entführt. Auch in diesem Fall muß man Shakespeare einmal mehr zustimmen, wenn er sagt: »Es gibt viel mehr Dinge zwischen Himmel und Erde, als unsere Schulweisheit sich träumen läßt.«

Diese um uns herumflirrenden Traum-, Sprach- und Musikwelten hat der Maler Herbert Brandl mit seinen Illustrationen in diesem Band genial eingefangen. Bei der Uraufführung am Opernhaus Zürich wird der Regisseur Michael Sturminger unter der musikalischen Leitung von HK Gruber diese Phantasiewelten 2005 in Szene setzen.

Für das spannende Eintauchen in die Welten des ›herrn norrrdwind‹ wünsche ich den großen, wie den kleinen LeserInnen genußreiche Stunden mit diesem ›kleinen operl‹!, wie H.C. Artmann dieses Werk nannte.

Besonders freut es mich, daß es sich dabei um ein Auftragswerk des Karajan Centrums an den Librettisten H.C. Artmann und den Komponisten HK Gruber handelt.

Ingrid Haimböck
Direktorin, Herbert von Karajan Centrum

der herr norrrdwind

szene 1

sprecher (*durch einen lichtkegel markiert*): ein armer bauersmann namens geppone wohnte auf dem grundstück eines geistlichen herrn – da aber der boden, den er zu bearbeiten hatte, in der strengen faust des herrn norrrdwind lag, ihm stets alle frucht und getreide und alles, was er an mühe verwendete, zerstörte.
so kam es, daß der arme geppone mit seiner ganzen familie hunger leiden mußte. eines tages aber ging er her und sagte sich:
»ich will diesen wind aufsuchen, der mich verfolgt.«
er sagte frau und kindern ade und begab sich ins gebirge.
angekommen bei der burg cinevrino, klingelte er am tor. die frau des herrn norrrdwind erschien an der schwelle.
»wer klingelt da!?«
»ich bins, geppone! ist euer mann nicht daheim?«
»er bläst ein wenig über berg und tal, wird aber

bald, weil er dabei hungrig wird, zum nachtmahl nach hause kommen.
ich habe euch bereits erwartet und ein lager hergerichtet, ruht euch einstweilen aus.«
geppone begab sich also nach langer suche auf sein lager und schlief bald ein.
er war von der wanderung sehr müde geworden.
nach einer weile, sagen wir zwei, drei stunden, erschien plötzlich der herr norrrdwind.

der lichtkegel verschwindet vom sprecher, das scheinwerferlicht erhellt das schlafgemach – das spiel beginnt.

szene 2

auftritt des norrrdwinds:

es ist gegen mitternacht, die durch bläuliches licht dargestellt wird. geppone räkelt sich wohlig auf dem von der norrrdwindfrau zugewiesenen eisbärenbett. da bricht ein fürchterlicher orkan los, es kracht in allen fugen und ecken. die zimmertüre ist mit getöse aufgesprungen, eisiger wind verbreitet sich im raum. der herr norrrdwind, der schneesteif über die schwelle geschwebt ist, wirkt wie ein stark betrunkener.
geppone schreckt schlaftrunken auf und zieht die zudecke bis ans kinn.

geppone (*fröstelt musikalisch*)

norrrdwind (*wendet sich der offenen türe zu und schließt sie hinter sich. man hört nur das leise wimmern eines ausgesperrten sturms*):

scalka ec fra thott fülki
falli sialf til vallar
geng sem guth vill ungom

WILDER DART

grams erfingiom kverfa
skinna sol asünni
sniallrath en tha batha

guten morgen, sohn des erdenstaubs, was ist dein anliegen?

geppone (*räuspert sich*): auch einen guten morgen!
ich führe klage wider deine strenge …

norrrdwind: wider meine strenge?
und hüte so die welt,
daß sie in lauer luft nicht untergeh,
fehlts dir an einsicht,
armer menschensproß?

geppone (*räuspert sich wieder*):
die einsicht hätt ich wohl,
allein es hapert mit der aussicht.
verrat du mir, wie in dem harschen hauch,
den du mir bringst,
die ernt mir soll gelingen?

norrrdwind: was heißt das, ernte?

geppone: das ist der verdienst,
so meiner harten feldarbeit
mir sollt entspringen,
kämst du mit deinem frost nicht
stets dazwischen!

norrrdwind: was ist das, frost?

geppone: du selber bists,
mit deinen hartgefrornen fingern.

norrrdwind: haha! ich selber soll das sein?
das ist mir nicht bewußt.
wie käme ich dazu,
dir böses anzutun?
erklär mir das.

geppone: durch deine sturmsgewalt
wird meine ernt nicht alt!
die zarten keime darben,
was bleibt, sind nur die narben.
anstatt mit blonden garben
weist bloß sich nackte furch
auf meines ackers reich,
doch dir scheint alles gleich,
dein herbstlich tun verweht,
was ich an korn gesät.

norrrdwind: ach, so soll das sein?
mich dünkts, als sei mein walten
lau und lind,
mir ists, als sei mein hauch
wie sanfter maienrauch!

geppone: im monat mai, das wär mir neu.
dein gletscherglanz
zerstört mir ganz,
was ähren trägt,
samt gras und busch.

norrrdwind: allein, allein
es kann nicht anders sein,
ich folg nur der natur,
die mir mein hauptgott auferlegt.
und was mir scheint als lau,
ist für dich aschengrau.
drum frag ich meine frau,
die mild wie morgentau,
vielleicht weiß sie mir rat …
(*zur frau*) hei, holla, wache auf!
mein zarter silberschmuck, wach auf!

die szene erstrahlt in hellem, warmem licht. die stimmung wird mild und angenehm. geppone lockert seinen schal, den er der kälte wegen fest um den hals geschlungen hatte.

geppone: was ist denn mit mir los?
gar plötzlich wird mir warm!
ich lockre meinen schal,
verlaß mein kühles tal,
ein licht von tausend kerzen
dringt tief mir in das herz ein,
könnt immer ich so leben,
so wärs ein herrlich streben,
ich hätte nichts dagegen.

frau holla erscheint strahlend schön. sie glänzt wie erwärmtes silber.

holla: was wünschest du,
mein wilder bart,
von mir zu mitternacht?

norrrdwind: verzeih mir meine art,
doch dieser arme mann,
der keinem was getan,
klagt mich gar bitter an,

verrät mir seine sorgen,
weil ihm die saat verdorben.

holla (*singt*): du lebst in einem tal,
erduldest not und qual.
(*spricht*) was solls!
weilst in norrrdwinds reich,
das läßt sich nicht vermeiden,
doch schenke ich euch beiden,
dir und deinem weibe –
ein feines kästlein deck dich,
den hunger solls vermeiden.

frau holla hebt beide arme hoch, die konturen eines silbernen kästchens erscheinen in ihren händen. sie geht halbwegs auf geppone, der ihr verwundert entgegen kommt, zu und reicht es ihm dar. geppone blickt irritiert zu norrrdwind.

norrrdwind: nimm dies, es soll dich für deine mühsal entschädigen.

geppone (*singt*): was soll mir dies silbern
kästlein,
davon ich nicht abbeißen kann!

frau hollas gestalt verlischt.

norrrdwind: sei nicht töricht und schau lieber nach, was drinnen ist.
dir und den deinen soll es fürderhand an nichts fehlen,
was speis und trank betrifft.

geppone stellt das kästchen auf das eisbärenbett, darin er gelegen hatte. er dreht den am kästchen steckenden schlüssel um, der deckel springt melodisch untermalt auf. bratwürste, brot und eine flasche wein kommen zum vorschein.

geppone: oho, donner!

norrrdwind: dies ist mein wahrer name!
aber danken sollst du es meiner lieben frau!
doch wisse, eines merke dir genau:
nur wenn ihr wirklich hunger habt,
sollt ihr dies kästlein deck dich öffnen.
weicht ihr davon ab, so wehe euch!

der herr norrrdwind öffnet wieder die türe, es beginnt abermals ein furchtbares windgeheul. norrrdwind ab. der wind verstummt.

geppone (*spricht*): der rauhreif hat in sich ein gutes herz. doch mich beschert nach diesem langen wandern herzhafter hunger. allein mir scheints an nichts zu fehlen! wozu die gute wurst, das weiße brot, der helle wein, daran will ich mich laben, seis drum, wärs nur ein schöner traum. (*er beißt fröhlich in die wurst, kauend spricht er weiter.*) die wurst schmeckt traumhaft, also kanns kein traum sein!
(*er singt*) und jetzt ein bißlein brot
und drauf ein schlücklein wein.

er beißt ein stück vom brot ab und spült es mit wein hinunter. er singt weiter.

und was bedürft es noch,
um satt und froh zu sein?

er steckt sein kästchen in sein wanderbündel, schultert es und geht in den brausenden sturm ab. frau holla erscheint wieder und singt eine nordische weise.

holla: hwat skolom heimfor quitta
hüg er in idülfini
enn til köpangs quena
kom ek eiki östr ihösti

ünnik thi att eiki süniar
ingian gamans thinga
orskan weld ek thi att irskom
ann ek betr en mer swanna.

frau holla verschwindet ebenso schnell, wie sie gekommen ist.

szene 3

verwandlung:
die bühne dreht sich, ein tiefer, dunkler wald kommt zum vorschein. bedrohlichkeit liegt in der luft. dem gutgelaunten geppone scheint die düsterheit nichts anzuhaben, fröhlich brummelt er vor sich hin.

geppone: ein luchs, ein fuchs, ein dachs
und der herr bonifatz …
das macht mir mächtig spaß!
… jetzt mach ich eine rast und bind mir um den latz.

geppone setzt sich auf einen verwesten baumstrunk, holt sein kästchen hervor, setzt es auf seinen schoß. aus seiner hosentasche zieht er ein taschentuchartiges tüchlein hervor und bindet es sich festlich um den hals. er steckt den schlüssel ins loch, hält inne.

geppone: einen großen hunger hab ich ja nicht, aber einen rechtschaffenen gusto!

1.

2.

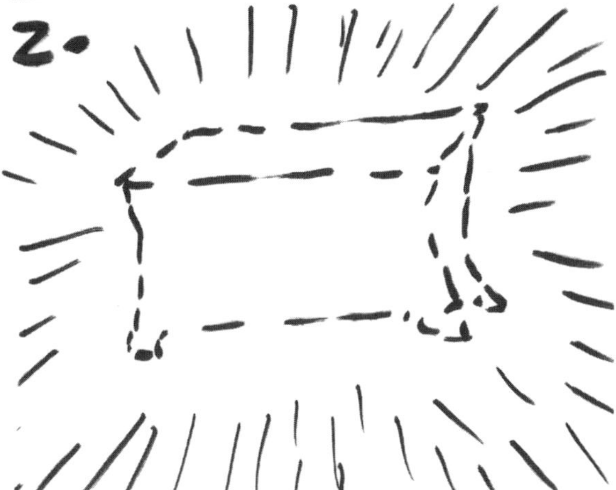

will probieren, ob mir mein kästlein auch noch andere leckereien zu servieren vermag … gebratener fasan … wär nicht zu übel …

geppone blickt verstohlen um sich und zieht ängstlich die schultern ein, späht nach allen richtungen.

geppone: aber wie bastle ich aus einem kleinen gusto einen großen hunger?
ei was – ich laufe dreimal um die große eiche dort …

geppone steht siegessicher auf, steuert auf ein kleines bäumchen zu, grotesk läuft er um den baum herum, keine ganzen zwei male!
seine erschöpfung übertreibend, keucht er.

geppone: so – mein hunger ist wohl redlich verdient und groß genug … will mal sehen, was mein kästchen mir heut zur brotzeit serviert.

geppone setzt sich wieder auf den baumstrunk, nimmt das kästchen zur hand, steckt den schlüssel hinein. just in diesem augenblick erschallt eine tiefe stimme aus dem wald: »tus nicht, gedenke meiner worte!«

geppone: potzblitz! … es war doch nur ein witz!

kleinlaut verschwindet das kästchen in geppones wanderranzen.

geppone: mach lieber keine pause,
freu dich auf dein zuhause
im trauten beisein deiner lieben.
… ich hätt sie fast vergessen,
bei so viel gutem essen!

er schneuzt sich schallend in sein taschentuch.

geppone: mir tut mein kopf so weh
vom hirn bis an den zeh.
ich hab mir wohl in nordwinds reich
den schnupfen eingefangen!

er schreitet rüstig fürbaß, das wilde gebüsch bewältigend, singt abermals das liedlein »fuchs und luchs und dachs etc. etc.«
geppone geht ab und verschwindet im tiefen wald.

szene 4

man sieht eine kleine ärmliche bauernstube, spärlich eingerichtet. geppones frau und die drei ausgehungerten Kinder (ein mädchen und zwei buben) frösteln am erkalteten kamin. geppones frau anna kann durch frau holla dargestellt werden (doppelbesetzung).

anna: seit tagen
nichts warmes im magen,
und der mann aus dem haus,
da muß man verzagen!
gegen uns lebt die kirchenmaus
immer noch in saus und braus … saus und braus …
und was uns bleibt,
ist nordwinds brausen,
mein mann allein in seinen grausen.

kinder (*quer durcheinander*): mama, uns huuungert!

GE
HUNGER
HUNGER IM TAL

anna: ich höre meine kinder klagen,
mein gott, was soll ich ihnen sagen?
ich fürcht, mein mann ist vielleicht tot
und wir allein in bittrer not!
hat ihn der norrrdwind gar gefressen?
es knirscht und schmatzt in den Zypressen –
speit ihn aus als weißen schnee …

kinder (*setzen fort*): … mein gott, wie tut der hunger weh!

es rumpelt an der türe. die kinder verstecken sich unter dem kittel der mutter. anna, bewaffnet mit einer heugabel.

anna: sinds räuber gar, die unterwegs?
bei uns gibts nichts zu rauben.

geppone (*noch hinter der türe, mit verstellter stimme*):
hoihohoiho,
was soll der aberglauben?
macht auf,
ich mach euch kinder froh!
… ich bins, der wackre nikolo …

die kinder kommen aus dem rock und laufen zur türe.

kinder: mit gaben reich, hoihohoiho.

mädchen: das kann doch nur der vater sein,
verstellte stimme nur zum schein!

anna: nein, nein, ihr kinder,
nehmt euch in acht,
die klosteruhr schlug mitternacht!
da öffnet sich das geisterreich,
ists doch der norrrdwind,
starr und bleich,
im eisgen burnus
wie ein scheich?

geppone (*mit normaler stimme*):
ich bins,
ein sarazenenfürst,
und bring euch wein und leberwürst!
… nun macht schon endlich auf,
wie lang soll ich noch warten drauf?

das mädchen tritt mutig hervor.

bub 1: hört ihr nicht, es ist die stimme unsres guten vaters!

die Kinder riegeln die türe auf – geppone wird vom norrrdwind in die stube getragen. das mädchen wirft sich mit den schultern gegen die türe. anna fällt die heugabel aus den händen, und sie stürmt zu geppone und umarmt ihn.

geppone: hinweg mit dieser gabel,
sie ist zu groß für deinen schnabel!
bring lieber glas und teller her,
heut wolln wir schnabulieren,
nur zu, ihr braucht euch nicht genieren.

geppone stellt das kästchen freudig auf den tisch.

anna: schön anzusehen, das kästlein, aber davon können wir allesamt nicht abbeißen!

geppone: wer sagt euch das?

anna: meine augen!

geppone: … dann gehorcht eurer nase!

geppone nimmt den kleinen schlüssel, zeigt ihn der runde und steckt ihn bedächtig ins schlüsselloch. ein wohlgefälliger duft verbreitet sich im ärmlichen zimmer. er dreht den schlüssel um, das kästchen springt auf, und auf jedem teller erscheinen ein gebratener fasan und andere köstlichkeiten. die gläser füllen sich mit wein.

kinder: hurra!

anna: ei wunder, was ist das!? wie kamst du dazu? wer hat dir das gegeben?

geppone: herr norrrdwind schickts durch seine frau.
ich erzähl euch alles ganz genau,
doch erst wollen wir schmausen.

die runde beginnt freudig zu essen. nach ein paar gläsern wein nimmt geppone eine alte, verstimmte fiedel zur hand, steigt auf die morsche tischplatte und beginnt ein fröhliches lied anzustimmen.

geppone: ein luchs, ein fuchs, ein dachs
und der herr bonifatz.
das macht mir mächtig spaß,

drum heb ich jetzt mein glas,
netzt meine gurgel naß!
der norrrdwind sei gelobt,
auch wenn er draußen tobt.
und seine liebe frau,
die mich so lind und lau,
so freundlich mich empfing,
als wär ichs eigne kind,
daß ich jetzt nur noch sing:
ein luchs, ein fuchs, ein dachs
und der herr bonifatz.
das macht mir mächtig spaß –
das macht mir mächtig spaß!

geppone tritt auf die tischplatte, daß der tisch einbricht.

anna: heute will ich dir deinen übermut verzeihen. aber sag mir, wie war der herr norrrdwind denn privat?

geppone: ein stürmischer, aber kommoder oheim, wenn ich mich so ausdrücken darf!
... und seine frau holla, ich sags dir, eine zauberhafte signorina –

anna rempelt geppone eifersüchtig an und droht mit dem finger.

anna: dududu!

geppone: … fast so schön wie du! … natürlich nur annähernd …

die runde setzt sich rund um den zerbrochenen tisch und macht sich fröhlich über den süßen rosinenkuchen her.

anna: den hätt ich selbst nicht besser gemacht, ein leckeres rezept, dieser rosinchenkuchen! das kuchenmachen versteht sie, die ach so fesche schneefee! – hut ab!

bub 2: warum schneefee, papa?

geppone: ei, weißt du nicht, daß es frau holla ist, die uns den schnee beschert?

bub 1: aber der schnee verdirbt uns doch den ganzen anbau!

geppone: der herr norrrdwind kann ja selbst nichts dafür –

die wirklich schuldigen sitzen woanders, mästen sich auf unsere kosten die bäuche.
das bißchen, das uns bleibt,
wird uns von oben abgeknöpft.
... ach was, mit unserem kästlein sind wir herrenleut!

bub 1: dann will ich ein prinz sein, weil ich der kleinste bin!

anna: nur nicht so hoch hinaus, beppo!

kinder: hat dir das der norrrdwind beigebracht, so auf den tischen zu tanzen?

anna (*randbemerkung*): ... sicher die frau norrrdwind!

geppone: ... was meint ihr, wies dort droben bei den hyperboräern, diesen nordmenschen zugeht?
während unsereins sich artig in die federn haut, tanzen die im hohen norden noch in ihren betten, daß die weißen daunen als schnee nur so herunterrieseln.

anna: du schwindelst uns da was vor!

geppone: ja und was glaubt ihr, hätte mich heut früh überhaupt geweckt, wenn ich nicht rechtzeitig das laute kikeriki des schneehuhns vernommen hätte?

bub 1 (*zu sich*): … aber eine daune schmilzt ja nicht!

geppone: mit vollem bauch darf man auch etwas übertreiben!

szene 5

das licht geht aus – es ist nacht.

es ist tags darauf, das licht ist heller und fällt durch die fenster.
geppone liegt noch auf seinem lager, die fleißige anna, umringt von den kindern, kehrt den boden und räumt den tisch zusammen.
durch das fenster des kleinen zimmers sieht man ab der mitte des couplets die silhouette eines feisten pfarrherrn stehen.

anna: heut koch ich nicht, heut brat ich nicht,
heut rast ich tüchtig aus!
solang ich mein klein kästlein hab,
das essen bringt den ganzen tag,
muß nicht mehr blöd aufs feld rausgehn,
um nur verwehte saat zu sehn,
(mir tut ja schon der buckel weh, von vieler arbeit … oder so)
morgens zwei stund länger schlaf,
hält sicher meine wangen straff.
heut koch ich nicht, heut brat ich nicht,

heut rast ich tüchtig aus,
solang ich mein klein kästlein hab,
das essen bringt den ganzen tag!
trililalo-jucheeh jucheeh –
ach, wie schön ist pulverschnee.
trililalo-jucheissassa!
endlich sind wir reiche prasser!

geppone wacht durch den lieblichen gesang auf, räkelt sich, mit den armen wild gestikulierend, und gähnt zufrieden. bub 1 zupft ihn an der nase.

mädchen: aufgestanden –

bub 2: oder willst du das frühstück versäumen?

geppone steht auf, die silhouette verzieht sich. anna öffnet das kästlein, es gibt kaffee, brot und frische butter, weintrauben und allerlei andere leckereien.
die silhouette kommt wieder zum vorschein.
geppone springt rüstig in seine stiefel.

geppone (*schlaftrunken*): sapperment!
… fast hätt ich mich vermessen
und unser kästlein deck dich vergessen.
seis drum – ein schälchen kaffee
hebts herzlein in d' höh!

geht zu tisch.

anna: tummel dich, ich hab schon einen rechten kohldampf auf norrrdwinds geistermenü!

geppone: nur zu, liebe frau,
wünsch den kindern kakao.
die kinder brauchen kein' kaffee,
davon kriegt man nur ki-ka-köpfchenweh!

anna bestellt kakao – oder auch nicht.
die fünf langen tüchtig zu, dann zieht geppone mit den kindern ab ins freie.

geppone: wir wolln jetzt frisch ins freie schaun
und uns nen schönen schneemann baun.

anna ist nun alleine in der stube.
der geistliche herr wälzt sich staunend die nase am fensterglas platt.

anna schmaust weiter an den überresten.
es klopft an der türe.

anna: was soll das klopfen?
... bist du schon fertig, lieber mann?
das wär fürwahr sehr schnell getan ...
tritt ein, tritt ein!

die türe geht knarrend auf.
der geistliche steht in der türe.

geistlicher: lirum larum, dominarum!
gott grüß euch, gute frau ... warum so fröhlich heut?

anna: herr pfarrer, ich versteh nicht!

geistlicher: das ist latein und bedeutet soviel wie herrgott!
aber ... was duftet hier so köstlich bei armen leuten?
... gibts was zu feiern heut?

anna: ach, das war doch nur das frühstück, herr pfarrer!

geistlicher: das riecht ja besser als bei meiner eignen köchin!
... habt ihr denn noch etwas übrig für mich hungrigen mann?

anna: kommt her,
setzt euch zu tisch,
es ist noch übrig von gestern nacht,
was mir mein alter mitgebracht!
gebratener fasan,
das kommt gewiß auch bei hochwürden an!
(*richtet den fasan für hochwürden an*)
... mit einer prise saferan,
das stärkt den appetit
und schlägt nicht zuviel an!

anna serviert ihm die restchen.

geistlicher: wohlan, laßt sehn!
o weh ...!
allein der vogel ist schon alt, kalt und zäh –
tut mir im magen sicher weh!
... warum denn eigentlich fasan?
gute frau, schafft kraut und knödel an,
dazu ein gläschen wein,
oder habt ihr nichts daheim?

anna (*zu sich*): da muß ich einen neuen zaubern,
o weh, ich sollt nicht soviel plaudern!
ei was, war doch mein mann des norrrdwinds gast, soll teilen, was zu teilen ist.

anna geht zum kästchen und spricht.

anna: du liebes körblein mein,
bring kraut und knödel rein,
dazu ein gläschen wein.

kraut und knödel erscheinen am tisch.

anna: sieh da, es funktioniert.

geistlicher: oho, was soll der faule zauber,
ich bin fürwahr kein aberglauber.
das sag ich euch gelinde,
es ist ne wahre sünde,
was ihr da tut, ist gar nicht gut,
ist hexenkunst und zauberdunst.
gebt mir heraus das körbelein,
es soll euch konfiszieret sein!

es rumpelt an der türe. der geistliche erschrickt.

geistlicher: oje, oje,
maria schnee.
wer pocht da draußen
an der tür,
als käm der böse
gleich hervür?

die tür geht krachend auf. geppone steht mit den kindern an der schwelle.

geppone: heiliges sakrament, die tür war zugefroren!

der geistliche atmet tief auf.

geistlicher: das sagt man nicht,
du weißt so gut wie ich,
so spricht allemal der bösewicht.
creutz tibi dominee

geppone: eins zu eins, jetzt sind wir quitt.

geistlicher: du schweig, du bauernzwerg!

geppone: ihr praßt in euren klostern,
freßt jeden tag wie ostern,

HER MIT DEM KASTEN HOPP HOPP

ihr kennt nichts als schlampampen
für euren fetten wampen,
ihr schlaft in seidnen betten,
derweilen wir uns fretten,
ich sags ganz frei heraus,
verlasset stracks mein haus!

geistlicher (*begütigend, weil geppones zorn fürchtend. was weiß schon einer, was so einem rabiaten bauersmann in seiner wut einfällt.*): eigentlich sollte ich wegen eurer armen zaubereien die carabinieri ins haus schicken, damit sie euch und euer hexenweib nach mantua in banden abführen, aber da ihr mich dauert, will ich gnade vor recht walten lassen. je nun, ich biete euch einen tausch an: ich liefere euch drei scheffel korn pro jahr für euer kästlein wunderbar …

anna mischt sich in den streit ein.

anna: schlag ein, geppone,
drei scheffel korn sind auch nicht ohne.
ich hoff,
herr norrrdwind
wird sich itzt bemühn

und in ner andren richtung ziehn.
drei scheffel sind ein zentner,
das reicht für gnug polenta.

geppone: seis drum, mein teures weib.

er händigt dem prior kochend vor wut das körblein aus. eine stimme ruft schallend aus dem hintergrund: »esel!« der prior schlägt ein kreuz über das körblein und läßt es in seiner kutte verschwinden. er geht trippelnd wie ein buddhistenmönch davon.

szene 6

zwischenmusik.

einen winter später.
wie in szene 4 sitzt die familie mit knurrendem magen vor leeren tellern und friert am erkalteten kamin.

kinder (*im chor*): mama, wir haben hunger!

anna: ach gott, wir leiden bittre not,
im ganzen haus
kein krümlein brot.
die ganze saat
dem wind zum opfer,
wie soll ich da
fünf mäuler stopfen?
gibs zu, mein mann,
mein mann,
das hat der kalte nord
getan.

geppone (*fast im delirium*):
nicht nie – nicht na,
nicht nörder,
der prior ist
der mörder.
dazu dein loses maul,
das war nicht redefaul.

anna: mir reißt bald die geduld,
ich bin an allem schuld.
ich wünscht, ich könnte
lachen,
über diese
siebensachen.

kinder: mama, wir verhungern!

anna (*zu geppone*):
ach gott, du darfst nicht ruhn,
man muß doch etwas tun.
geh du getrost und heiter
zu deiner himmelsleiter.
versuchs ein zweites mal,
in des herrn norrrdwinds saal.

geppone: was sollt ich dort schon ernten,
als in der eiswelt enden.

anna: du mußts noch mal probieren,
du wirst schon nicht erfrieren.
schnür eilends deinen ranzen
und laß die flocken tanzen.
geh hin zu hollas haus
und leg dich in ihr bett,
du hast ein stein im brett
bei ihr,
das glaube mir.

geppone: mein zwiespalt kriegt gestalt,
ich tu mir an gewalt.
die eifersucht mag warten,
bis daß wir endlich satt sind,
ich tus für meine kinder
und schlepp mich durch den winter
bis hin zu norrrdwinds frau,
wos ist so lind und blau.

(*leise, für sich, beiseite*):

frau holla ist mein leben lieb, nur ihr bin ich ergeben.

anna: nur zu, nur zu, mein lieber mann, ich weiß, wer dir dies angetan.

geppone: hüt du dich vor den pfaffen
und andrer solcher affen.
vertrau nicht dem gesindel,
ich schnür bereits
mein bündel.
ich zieh sogleich hinaus
in schnee und winters graus.
(*er schnürt sein felleisen*)
lebt wohl, ihr kinder und mein weib,
mir ist gewiß kein zeitvertreib.
ade!

er geht ab in den brausenden wind.

szene 7

geppone kommt müde und halberfroren vor der burg cinevrino an. er will die klingel betätigen, zögert aber vorher.

geppone: immer diese bittstellerei.
mir ist immer eine qual
bei dem alten rübezahl,
wünschte stark,
daß der santa claus
wär vorerst nicht im haus.
rosa wangen
sieht man eben
zur begrüßung
runterschweben.
er bekommt einen kurzen hustenanfall.
frau holla tät ich lieber sehn,
so anmutsvoll,
so strahlend schön
hat sie mir nicht
den korb gegeben,
der uns versprach
ein bessres leben?

NORDWIND

den korb, den mir
hat abgeluchst
der fette alte
oberfuchs!

er klingelt. die frau vom herrn norrrdwind erscheint an der schwelle.

holla: wer klingelt da?

geppone: ich bins wieder mal, geppone!
ist euer mann nicht zuhaus?

holla: er bläst ein wenig über berg und tal
wird aber bald zum abendmahl
nach hause kommen.
ich hab euch schon erwartet
und mit nem eisbärfell gewartet.

sprecher: geppone begibt sich nach langer suche auf sein lager und schläft bald ein, da er von der wanderung durch die nebelsuppe sehr müde geworden war.

geppone (*im einschlafen, murmelnd*):
frau kätzin, seid ihr da,

ach ja mein kater, ja …
uaaah

frau holla ist ebenfalls verschwunden. endlich, nach einer zwischenmusik, erscheint wieder der sprecher.

sprecher: es ist gegen mitternacht, geppone räkelt sich wohlig auf dem von der norrrdwindfrau zugewiesenen eisbärenbett. da bricht plötzlich ein katastrophaler orkan los, es knirscht und kracht in allen fugen und ecken. die zimmertüre ist mit ohrenbetäubendem getöse aufgesprungen, eisigkalter sturm verbreitet sich im raum … der herr norrrdwind, der schneesteif wie ein eiszapfen über die schwelle geschwebt ist, wirkt wie ein über die maßen betrunkener. geppone wacht schlaftrunken auf und zieht die zudecke bis ans kinn.

geppone fröstelt musikalisch.
der herr norrrdwind wendet sich der sperrangelweit offenen türe zu und schließt sie taumelnd hinter sich. man hört abermals das leisere klagen eines ausgesperrten orkans.

norrrdwind: scalka ec fra thott fülki
falli sialf til vallar
geng sem guth vill ungom
grams erfingiom kverfa
skinna sol asünni
sniallrath en tha batha

guten morgen,
sohn des erdenstaubs,
was liegt denn heut
frühmorgens wieder an?

geppone räuspert sich.

geppone: auch einen guten morgen! ich führe klage wider mein redseliges weib!

norrrdwind: wider dein redseliges weib? wider dein weib? wie soll ich das verstehn? verdammt, hat sie geplaudert?

geppone: genau das ists!

norrrdwind: dann hast du selber mist gebaut.

geppone: dem dompfaff,
der uns getraut,
hat sie das körblein
anvertraut.

norrrdwind: so forders wieder ein,
bist du nicht
manns genug?

geppone: der prior ist mein herr,
ich bin ihm
also hörig.

norrrdwind: dein herr, der oberpfaff?
da bin ich wirklich baff!
bist du nicht groß und stark,
dein rückgrat eisenmark,
ich würf ihn aus dem haus
wie eine nagemaus.

geppone: das hätt ich, sapperlot,
doch er hat mir gedroht
mit carabinerei,
das sag ich euch
ganz frei,
für hex und zauberei.

norrrdwind (*mit donnernder stimme*):
ich flüstre dir ins ohr,
du bist ein tumber tor.
(*wieder leiser*)
ist dir noch nicht bewußt,
daß schwarzröck
mit viel list und lust
leichtgläubge seelen
mit aberglauben quälen
und sie dann
frech bestehlen.
ihr bauern seid mir leut,
die man mit lug betreut.

(*er spricht*) es gibt keine hexen, und wenn jemand hext, dann meine frau!

geppone: eure frau eine hexe,
ich dachte bloß an kekse,
die sie den kindern bringt,
mit zucker und mit zimt
als gute weihnachtsfee
im lauen rieselschnee.

norrrdwind: hei, holla, wache auf, mein heller goldschmuck, wache auf!

sprecher: als ob eine phantastische vergangenheit-zukunft über die gesamte menschheit käme. geppone lockert abermals seinen schal, den er der kälte wegen fest um den hals geschlungen hatte.

geppone: was ist denn mit mir los?
gar plötzlich wird mir warm!
ich lockre meinen schal,
verlass mein kühles tal,
ein licht von tausend kerzen
dringt tief mir in das herz ein.
könnt immer ich so leben,
so wärs ein herrlich streben,
ich hätte nichts dagegen.

sprecher: frau holla erscheint strahlend schön, sie glänzt wie warmes gold.

holla: was wünschest du, mein wilder bart, von mir um mitternacht?

norrrdwind: verzeih mir meine art,
doch dieser müde mann,
der keinem was getan,
klagt einen schwarzrock an,

gesteht mir unverhohlen,
daß ihm dein korb gestohlen.

holla: mein korb gestohlen,
wie kann das sein?
verwechselt er gar
sein mit mein?
die wölfe solln
ihn holen.

norrrdwind: ich schick sie ihm
an die kutte.
auch mir wär so
zumute.

geppone: ich möcht nicht,
daß er blute,
vergönn ihm nur
die rute,
denn die verdient
er sehr.

norrrdwind: gewährt sei dein begehr,
dein menschsein rührt
mich sehr,
ich seh, du bist
doch wer,

4U

ein braver,
frommer mann,
mit allem
drum und dran.

holla: du lebst in einem tal,
das läßt sich nicht vermeiden,
erduldest not und qual,
du weilst in nordwinds reich,
drum schenke ich für dich
und deine lieben
ein goldnes kästelein.

frau holla hebt beide arme hoch, die konturen eines goldenen kästleins erscheinen in ihren händen, sie geht schnurstracks auf geppone zu, der ihr etwa zwei schritte entgegenkommt, und reicht es ihm dar. geppone blickt irritiert zu herrn norrrdwind.

norrrdwind: nimm dies, es soll dich
für das mitleid entschädigen, das du
mit dem schwarzrock hast.

geppone: was soll mir ein goldenes kästlein?
lieber wäre mir eine dauerwurst
und ein glas wein für den durst.

frau hollas gestalt verlischt wie scheidendes gold.

norrrdwind: sei nicht töricht und schau nach,
was da drinnen ist,
dir und den deinen soll es
fürderhand an nichts fehlen,
was immer speis und
trank betrifft.
(*spricht*)
und eines noch:
gebiete deinem weib,
es soll nicht plaudern
aus zeitvertreib.

geppone stellt das kästlein auf das eisbärenbett, auf dem er gelegen hatte. er öffnet das kästlein, und, o wunder, eine wackere dauerwurst und eine flasche wein erscheinen wie durch zauberhand.

geppone (*ruft aus*): ha, was wäre der
appetit ohne hunger!

norrrdwind (*launig*): und was der
hunger ohne appetit!

während geppone sich an wein und wurst gütlich tut, legt der herr norrrdwind einen rechtschaffenen bärentanz auf die bretter.

norrrdwind (*spricht, nachdem er sich kräftig geräuspert hat*):
so, jetzt bin ich wieder in fahrt
wie der doktor eisenbart.

geppone: der weg ist steil,
der weg ist hart,
nehmt mich doch mit
auf eure fahrt.

norrrdwind: soll ich dich etwa tragen?
du würdst im wind verzagen.
nun denn,
du kannsts ja wagen,
ich pack dich
halt am kragen,
und auf gehts
durch die lüfte,
von berg zu berg
und tausend schlüfte
bis – plumps –
vor deine tür.

er zieht geppones schal um dessen hals, als schiene es, er schicke ein schulkind in die klirrende kälte hinaus. dann packt er ihn am kragen, und hui, ab geht es in den eisigen orkan, der herr norrrdwind entschwebt mit geppone durch die sich öffnende türe. die pforte schließt sich wieder von selbst hinter den beiden fortfliegenden. es ist wieder stiller geworden. frau holla erscheint in einem eleganten, aber züchtigen hauskleid und versprüht mit großen gesten einen raumspray.

holla: nü rökar det
i hüset bläcc
nü hollar jek
förtrollar ej
som ikkje blaur
met singom sang
tolf timmar lang
rör jek nü an den daj
met simming stejn
oc undarlejn
so dussin falc
oc snö.

frau holla entschwebt im polkatakt.

szene 8

dunkelheit. geppone steht an der schwelle. seine familie, mit rotgeweinten augen, ist fröstelnd um den tisch versammelt.

kinder (*durcheinander*): papa, papa, papa …

anna: hört auf zu schrein!

mädchen: hast du was mitgebracht?
sag an.

anna: was mitgebracht?
ich seh nur eine rote nase.

geppone: was trag ich denn
im huckepack?

anna: ich seh nur einen leeren sack.
was soll aus uns noch werden?
so früh warst du noch nie zurück.
mich dünkts, s war bloß ein augenblick,
daß du von dannen gingst.

HUNGER
HUNGER
HUNGER
MAKES THE WORLD GO ROUND

geppone: herr norrrdwind brachte mich
zurück.
ich hatte dieses mal gelück.

anna: was hast du mitgebracht, mein schatz?

geppone: noch einmal war
mir holla hold,
ein kästlein fein
aus purem gold.

kinder (*durcheinander*): eine dauerwurst wär uns lieber …

er nimmt das kästchen aus dem sack.

geppone: ich sag zwei worte:
klick und klack
und wünsche euch
viel wohlgeschmack.

wurst und brot erscheinen auf den tellern, nebst einer flasche wein.

anna: ei der daus, wird das ein schmaus
für unsre hungermäuler!

geppone (*knödelig trällernd*):
der heilge nikolo
macht weib und
kinder froh …

ein blitz geistert plötzlich durch die ärmliche stube, der brennende kienspan scheint zu verlöschen.

norrrdwind (*mit weithin schallender stimme, aber unsichtbar*):
ich bin kein heiliger nicht.

geppone (*mit kläglicher stimme*):
ihr wißt es doch genau,
ich meinte euch und eure frau.

norrrdwind: na dann …
und laßt euch das kästchen nicht wieder abluchsen!

geppone: nein, nein, bestimmt nicht.
und danke, herr norrrdwind, nichts für ungut …

die familie sitzt rund um den tisch und beginnt während des essens folgendes lied zu singen.

alle (*mit geppones oberstimme*):
ein luchs, ein fuchs, ein dachs
und der herr bonifatz,
das macht mir mächtig spaß,
drum heb ich jetzt mein glas,
netzt meine gurgel naß!
der norrrdwind sei gelobt,
auch wenn er draußen tobt,
und seine liebe frau,
die mich so lind und lau,
so freundlich mich empfing,
als wär ich s eigne kind,
daß ich jetzt nur noch sing,
ein luchs, ein fuchs, ein dachs
und der herr bonifatz,
das macht mir mächtig spaß,
das macht mir mächtig spaß.

alle begeben sich wohlgesättigt auf ihre jeweilige bettstatt. anna löscht den kienspan aus, sie legt sich als letzte nieder.
geppone schnarcht.

kinderstimme: papa schnarcht immer nur, wenn er gut gegessen hat.

schön wäre jetzt eine art zwischenmusik, die mit atmen und schnarchen zu tun hat eine zeitlang. hernach bricht langsam die morgendämmerung herein, es wird heller, und eines der kinder lallt etwas unverständliches.
draußen rauft sich der herr norrrdwind mit dem frühjahr. es ist wärmer geworden.

anna (*gut gelaunt*):
auf, auf, ihr kinder,
früh aufstehn ist gesünder,
denn morgenstund hat,
wie es heißt,
stets gold im mund.
und du, geppon,
nutz deinen lohn,
du fauler alter brummelbär,
schaff uns ein gutes
frühstück her.

bei dem wort frühstück werden alle drei kinder munter.

kinder (*durcheinander*): frühstück, frühstück, frühstück …

durch das gelärme wird auch geppone munter und hüpft wie ein schneider von seinem lager hoch.

geppone: laue luft, blunzenduft,
leberwurst und brot,
safferladi extrawurst,
aus ists mit der not.

das unter dem bett abgestellte kästlein beginnt zu rasseln, es klingt wie ein messer-gabel-abspülen, und die gewünschten speisen erscheinen auf den dielen.

geppone (*spricht*): verflixt, am boden liegts,
so taugts doch nicht,
ein feiner mann,
wie ichs jetzt bin,
kommt also gleich
besteck und teller
in den sinn.
gelobt sei die,
die am himmel haust,

für sie ball ich
die bauernfaust;
will auch herrn norrrdwind
nicht vergessen,
der mir verschafft
das große fressen.

anna: ihr lieben kinder
schaut und lernet,
wie man wurst
vom schmutz
entfernet.
papa ist ein edelmann,
der sich nicht gut
bücken kann.
bückt er sich,
verrät er sich,
daß er bloß
ein bauer ist.

die kinder hüpfen aus den betten, sammeln die herumliegenden speisen ein, reinigen sie mit mächtigen zahnbürsten fein säuberlich. anna hat indessen den tisch mit tellern und besteck gedeckt. alle setzen sich um den tisch, und gepppone verteilt die geputzten speisen. man ißt.

geppone (*nach einer weile*):
na, kinder, seid ihr satt?

kinder: jaaaa …!

geppone: na, dann nichts wie hinaus,
denn der lenz nimmt seinen lauf.
holt euch guten appetit
ordentlich für euch
selbdritt.

die kinder laufen lärmend ins freie, geppone folgt ihnen selbstzufrieden. anna räumt das geschirr weg und fegt den küchenboden.

anna: von mir erfährt
der feiste pfaff,
was ich
jetzund zusammenraff,
kein brösel laß ich über,
nur einen nasenstüber
verpasse ich hochwürden,
mag er mich auch erwürgen.

die türe geht auf, die köchin des prior, der man das gute leben an ihrer leibesfülle ansieht, kommt schnuppernd herein und schließt die türe hinter sich.

köchin: grüß gott, grüß gott,
frau nachbarin,
habt ihr gehabt
ein festlein,
ich riech
noch rauchfleischrestlein,
sagt mir, auf welche weise
kommt ihr zu dieser speise,
daß bei euch armen leuten
die osterglocken läuten.
man riecht s geselchte hier
vor eurer hüttentür,
frau base, sagt mir an,
wies zu dem wunder kam.

anna: ja, geppone kam geflogen
als wie der pfeil vom bogen,
s war gegen mitternacht,
ei hat es da gekracht.
wir nagten schon am hungertuch,
drum sagt ich:
ach, geppon, versuch
es noch einmal,
es doch per zauberspruch.

köchin: owei, owei, owei,
das klingt nach hexerei,
mein gott,ich muß es sagen,
das liegt mir schwer im magen,
dem prior muß ichs sagen,
was sich hier zugetragen.

anna: sagts nur dem prior nicht,
sonst kriegt er noch die gicht,
der fette bösewicht.
ihr könnt doch meinen gatten
und mich nicht so verraten,
was habt ihr schon davon,
was ist denn euer lohn?
nicht mehr als
spott und hohn,
ihr glaubt doch selber nicht,
was euer prior spricht,
für ihn seid ihr doch selber
nur neugeborne kälber.

köchin: ich muß mich jetzt beeilen,
denn bei ner hex verweilen,
ist eine schwere bürde
und unter meiner würde.

sie verläßt entrüstet die hütte, nachdem sie mit einem fuß aufgestampft hat.

sprecher: die pfarrersköchin hatte natürlich nichts eiligeres zu tun, als dem herrn prior von geppones nächtlicher landung zu berichten. anna ist noch immer allein und geppone mit den kindern unterwegs. räsonierend singt sie für sich:

anna: was hab ich jetzt getan,
wie sag ichs meinem mann?
wenn der davon erführe,
er wies mir glatt die türe,
ich trau der köchin nicht,
die klatscht es froh und heiter
an den herrn prior weiter.
warum auch mußt ich plaudern,
hab halt ein loses maul,
bin nie beim schwatzen faul,
was ich dabei empfinde,
ich trags in alle winde,
was kommt aus meinem munde,
es macht sogleich die runde.
die stimm braucht man zum singen
und nicht zum überbringen,

verplaudern seinen schatz
als wie ein schnatterspatz.

der prior erscheint schnuppernd an der türe und kommt heuchlerisch in die hütte geschlichen.

prior: was hat man euch erzählt,
daß euch der teufel quält?
man kann nicht allen trauen,
so blindelings vertrauen
nach pech und schwefel
riechts da nicht,
viel eher nach meim leibgericht.
man soll nicht alles glauben,
unschuldig wie die tauben.

anna: wie soll ich das verstehen?

prior: ich schmeck auch
mandelkuchen,
was gäbs da
zu verfluchen?
ich denk, daß meine
kochkunstfrau
geirrt hat mit
der nase.

ist sie nicht
eure base?
sagt, habt ihr ihr
was anvertraut,
oje, ich seh
ein kästlein,
klein wie ein
vogelnestlein,
aus purem gold sogar,
ist das nicht wunderbar?

anna (*verlegen*): was soll das wunderbar
schon sein?
ich bitt euch,
schenkt mir reinen wein
ein.

das kästlein, das nur halbversteckt am boden lag, schiebt er mit seinem linken fuß hervor und hebt es, wie es halt so ist, wenn man mit einem dicken wanst belastet ist, hoch.

prior: und was haben wir da?
solls gar ein hexenkästlein sein,
ich nehms gleich mit,
um es zu weihn,

damits euch keinen schaden bringt,
so ihr ein zauberliedlein singt.
ich wills einstweil verwahren,
zu bannen die gefahren,
die drinnen sind verborgen,
verschiebt es nicht auf morgen,
ich schütze euch vor sorgen.

anna: ich frage euch ganz ehrlich,
ists wirklich so gefährlich?

prior: gefährlicher als ihr nur denkt,
das ding da ist nicht gott geschenkt,
und was ihr stopft in euren bauch,
ist leider nichts als schall und rauch.

anna: genügt es nicht,
daß rauch und schall
als nahrung dient
in diesem tal,
ihr könnt doch nicht
das kästlein nehmen,
viel lieber solltet ihr
euch schämen,
solln wir denn wirklich

ewig fasten,
genügt euch nicht
der silberkasten?

prior: das silberkästlein?
ruht ohne makel
für jedermann
im tabernakel.

anna: dann wandert auch
das goldne kästlein
flugs, flugs in euer
frommes nestlein.

prior: ha, ihr versteht mich
fabelhaft,
wie man aus
bösem gutes schafft.
das also nennt man
spirituell,
und eitles gold
wird lilienhell.

anna: und uns bleibt
allen zum verdruß
die gallenbittre
kummernuß.

prior: nun steht nicht
dumm herum und gafft
und tut, was euch
ein priester schafft.

anna wirft sich vor seine füße.

anna: habt doch mit mir erbarmen,
habt mitleid mit mir armen.

er steigt schwergewichtig über sie hinweg.

prior: hinweg, du schnödes hexenweib,
der teufel sei dein zeitvertreib.

er verbirgt das goldene kästlein in der falte seiner kutte und schreitet hinaus in die helle sonne. vom kloster her hört man fröhliche osterglocken, geppone sieht bei seiner rückkehr seine am boden liegende frau, während die kinder noch im freien ausgelassen spielen.

geppone (*verwundert*):
was suchst du, liebe frau,
am boden so genau?

anna erschrickt.

geppone: ich bin kein menschenfresser,
jedoch ein starker esser.

anna (*die ihn jetzt erkennt*):
ach, du bist es, geppone.

geppone: mein hunger ist nicht ohne,
schaff speis und trank mir her,
ich bitte dich gar sehr,
schaff mir zum essen her.

anna (*die sich wieder gefaßt hat*):
ich bitte dich, ich bitt,
ist echt dein appetit
wahrhaft so riesengroß,
daß du norrrdwinds gebot
mißachtest sonder not?

geppone: ich bitte dich,
ich bitte,
nur eine kleine schnitte
von einem stücklein brot,
ich weiß es zu genau,
weil ich dem norrrdwind trau,

nur wenn ich wirklich hunger hab,
darf ich das körblein öffnen.

anna: es ist aber kein körblein, sondern ein kästlein.

geppone: kästlein hin und körblein her,
schaff ein butterbrot daher!

anna beginnt zu weinen.

geppone: was soll denn plötzlich diese flennerei?

anna: ich muß dir was gestehn …

geppone: oho, mir schwant nichts gutes …
hat dir etwa der fette fuchs
mein goldnes kästlein abgeluchst?

anna: gott seis geklagt,
drum bin ich so verzagt.

geppone gerät außer sich, rauft sich das haar und beginnt wutschnaubend und wie im delirium zu singen.

geppone: ein luchs, ein fuchs, ein dachs
und der herr bonifatz,
das macht mir mächtig spaß,
drum heb ich jetzt mein glas,
netz meine gurgel naß!
der norrrdwind sei gelobt,
auch wenn er draußen tobt,
und seine liebe frau,
die mich so lind und lau,
so freundlich mich empfing,
als wär ich s eigne kind,
daß ich jetzt nur noch sing,
ein luchs, ein fuchs, ein dachs
und der herr bonifatz,
das macht mir mächtig spaß,
das macht mir mächtig spaß.

szene 9

refektorium des klosters, das zugleich als bibliothek benutzt wird. in der mitte ein tisch mit sechs stühlen, der bereits gedeckt ist, jedoch jeglicher speisen entbehrt. die teller sind leer, die trinkgefäße ungefüllt. der prior betritt den barocken raum und nimmt am ende der tafel schwerfällig platz.

prior (*salbungsvoll*):
habe heute seine gnaden
den herrn bischof eingeladen.
ein gewaltges freßkonzil
auszuführen sei mein ziel.
(*er zieht die beiden wunderbehälter aus seiner kutte hervor, er legt sie vor sich auf den tisch.*)
doch vorher,
ich sag es ungern,
laß ich sie mal
tüchtig hungern.
dann, wenn sie
der hunger plagt,

ruf ich nach der
küchenmagd,
speis und trank
soll sie servieren
und dabei kein
wort verlieren
über wunders
zweck und sinn
meiner kleinen
wurschtmaschin.
staunen sollen
die kollegen
über diesen
reichen segen,
doch als gewitztes
pfaffenlicht
verrat ich mein
geheimnis nicht.
(*er kichert laut und hämisch im rhythmus der letzten vorangegangenen zeilen hahahahihihihihahahaha! nach einer pause setzt er seinen gesang fort.*)
hihihohohaha,
der bischof ist schon da,
mit seinem prachtgefolge.

(*er verbirgt seine wundergeräte in einem großen suppentopf, den ihm inzwischen die pfarrersköchin bringt.*)
ich muß mich schnell beeiligen,
verstecks vor unsren heiligen
mein zauberisch geschirr.
(*er breitet ein weißes tuch über den leeren topf. der bischof erscheint mit seiner mitra, behütet von vier honoratioren in bratenröcken.*)
willkommen, eure eminenz,
ich wünsch euch einen guten lenz
und lauter heil und segen.

bischof: gott segne euch,
signor prior,
und stell vier
biedermänner vor.
sie haben es so
weit gebracht,
weil ihnen frau fortuna lacht.
es braucht euch nicht genieren,
wenn wir zusammen dinieren,
hernach mit vollen händen
verteiln sie ihre spenden,
die solln den kirchen nutzen
bis zu den aberuzzen.

ein schmächtiger, leicht verhungert aussehender kaplan stürzt atemlos in den saal und stammelt.

kaplan: vergeßt mir nicht apulien,
verzeihung, eminenz,
ich komme viel zu spät,
an allen ecken brennts,
ihr wißt ja, wie das geht.

bischof: so laß es ruhig brennen,
die feuerwehren rennen
zur rechten zeit ans ziel,
du dummer einfaltspinsel,
hör auf mit dem gewinsel.

prior: gemach, gemach,
potzblitz,
dir fehlt ja noch
ein sitz,
es soll ja
keiner sagen,
daß dir nach
so viel plagen
kein stuhl geboten wird.

(*er ruft*): frau köchin, einen hocker!

die köchin kommt und bringt einen winzigen hocker. der schmächtige kaplan nimmt auf dem hocker, der eher einem schusterstockerl ähnelt, platz. er bietet solchermaßen ein bild zum erbarmen.

biedermann 1: sizilien, sizilien,
im hinterland
blühn lilien,
zwei meter
hoher raps
samt einem
liter schnaps.

biedermann 2: salomon
pfeifenton
und der liebe robinson.
sagt, was haltet ihr davon?
radium still und stumm
allentwegen seis darum.

biedermann 3: von allem und jedem
man gerne tut reden.
larifari schneckendeckel
lirum larum lappensäckel.

biedermann 4: zwei meter
hoher raps
samt einem
liter schnaps,
im hinterland
blühn lulien
sizilien sizulien.

diese zeilen werden von den biedermännern dreimal heruntergequasselt.

bischof: silentium, ihr lieben herren,
gloriam victoriam
gliri glari gluri
extram est parturi
lirum larum schmecks
das wär mein ganzer text.

prior: frau köchin, seid so frei
und zaubert
uns ein osterei.

die köchin zieht das weiße tuch vom kessel. und tatsächlich liegen sechs gelbe ostereier auf dem tisch, die die köchin dienstgradmäßig verteilt, das heißt, zuerst dem bischof, dann dem prior, dann den biedermännern. der kleine pfarrer geht leer aus, für ihn bleibt keines übrig. die vier biedermänner wirken sichtlich enttäuscht, weil ihnen ein osterei viel zu wenig dünkt. sie schälen, jeder auf seine persönliche art, und beginnen zu essen. der prior, der die langen gesichter seiner besucher bemerkt:

prior (*beiseite*):
der armselige pater quadrian soll mit dem zusehen satt werden. und der weihbischof ist von vornherein eingeweiht in unser überraschungsspiel. (*zum großen topf gewandt*)
… die werden augen machen!

biedermann 1: … ich hab ja leider im bräuhaus zur linde schon kräftig zugelangt,
aber für eine tüchtige osterjause ist noch allemal platz in meinem magen!
… ihr habt doch noch etwas schinken über?

der große krug, der in der mitte des tisches plaziert ist, kracht, sichtlich ohne grund, von einem bedrohlichen raunen begleitet, vom tisch und zerschellt.

AMEIKANISE
BASBALLSPIEL
OD. FOOTBALLSPIEL

prior: das war wohl nur ein zeichen des herrn, unser mahl zu beginnen!

biedermänner: … wir wollen doch das heilge fest auch gebührend feiern, recht hat der herr prior!

er reibt sich vorfreudig die hände.

prior (*beiseite*): s kästchen bringt uns
leckre sachen,
die uns mägen freude machen …
harharhee
rankel trankel
zinkl zankl
zauber raus
den feisten osterschmaus!
(*laut*)
frau köchin, teilt uns tüchtig aus!

vier rugbyspieler mit ihren keulen kommen auf einmal abrupt unter dem tisch hervor und beginnen auf die illustre gesellschaft einzuprügeln. lediglich der kleine pfarrer bleibt verschont. im klostersaal entwickelt sich ein massives tohuwabohu, denn die amerikanischen nationalsportler kennen keine gnade. gekreisch, wehgeschrei erfüllen den saal, die von den vier rabiaten assen verursacht werden. der arme kaplan bekreuzigt sich. der prior, der eben mit dem ellbogen einen schlag abgewehrt hat, singt.

prior: geppone, geppone,
um gottes willn, verschone
uns vor deinen wilden mohren,
die uns zum ziel erkoren.

der bischof verliert die mütze – balletteusenhaftes getänzel der rugbyspieler, die biedermänner halten sich die köpfe, verstecken sich unter dem tisch …

köchin: hilfe! muß geppone holen.
(*so auf plötzlich: der gehört ja doch zur familie usw.*)

die wendehälsische köchin holt geppone, der sich, vom zuseher entdeckt, unauffällig durch die sich prügelnde meute schlägt. er nimmt die kästchen in die hand und zieht von dannen. daheim angelangt, bereitet man sich erst einmal ein tüchtiges nachtmahl und beschließt, das güldene

kästchen dem norrrdwind zurückzubringen, denn es gibt noch andere hungernde menschen auf dieser welt – wer weiß, vielleicht bittet jemand wieder um des norrrdwinds hilfe in ferner zeit.
letzteres kann auch vom sprecher als »moral der geschicht« gesprochen sein, während im hintergrund die glücklichen geppones dinieren.

POING